REENCONTRO
literatura

Lewis Carroll

Alice no País das Maravilhas

Tradução e adaptação em português de
Edy Lima

Ilustrações de
Elisabeth Teixeira

editora scipione

Gerência editorial
Sâmia Rios
Edição
Mauro Aristides
Assistência editorial
José Paulo Brait
Revisão
Claudia Virgilio, Rosalina Siqueira
e Nair Hitomi Kayo
Coordenação de arte
Maria do Céu Pires Passuello
Programação visual de capa e miolo
Didier D. C. Dias de Moraes

editora scipione

Av. das Nações Unidas, 7221
Pinheiros
CEP 05425-902 – São Paulo – SP

ATENDIMENTO AO CLIENTE
Tel.: 4003-3061

www.coletivoleitor.com.br
e-mail: atendimento@aticascipione.com.br

2021
ISBN 978-85-262-7933-9 – AL
CL: 737402
CAE: 251281
2.ª EDIÇÃO
10.ª impressão
Impressão e acabamento
Forma Certa

Traduzido e adaptado de *Alice's adventures in Wonderland,* de Lewis Carroll. New York: Dover, 1993.

Dados Internacionais de Catalogação na Publicação (CIP)
(Câmara Brasileira do Livro, SP, Brasil)

Lima, Edy

Alice no País das Maravilhas / Lewis Caroll; adaptação de Edy Lima; ilustrações de Elisabeth Teixeira – São Paulo: Scipione, 2003. (Série Reencontro literatura)

1. Literatura infantojuvenil I. Carroll, Lewis, 1832-1898. II. Teixeira, Elisabeth. III. Título. IV. Série.

03-3037 CDD-028.5

Índices para catálogo sistemático:
1. Literatura infantojuvenil 028.5
2. Literatura juvenil 028.5

SUMÁRIO

QUEM FOI LEWIS CARROLL?

Charles Lutwidge Dodgson, mais conhecido como Lewis Carroll, nasceu em 1832, no condado de Cheshire, Inglaterra. Filho mais velho de uma família relativamente abastada, foi orientado pelo pai, que era pastor, a seguir a carreira religiosa, mas acabou se tornando professor de matemática na Universidade de Oxford.

O clássico que você vai ler agora foi contado pela primeira vez para entreter um grupo de crianças durante um passeio. Mais tarde, Carroll produziu uma versão manuscrita da história para presentear a menina em quem inspirou-se para criar sua Alice. Em 1865, essas aventuras foram transformadas em livro.

Alguns anos depois, Carroll escreveu *Através do espelho e o que Alice encontrou por lá*. Os dois livros descrevem aventuras vividas por Alice enquanto sonhava.

Carroll morreu em Guildford, na Inglaterra, em 1898.

Capítulo 1

A toca do Coelho Branco

— Depressa, depressa, estou atrasado! – gritou um coelho de pelo branco e olhos vermelhos que atravessava o jardim da casa de Alice.

A menina, sonolenta com o calor da tarde, tinha deitado a cabeça no colo da irmã, que lia um livro sem diálogos, sem ilustrações e sem a menor graça, na opinião de Alice. Ao ver o Coelho Branco, ela perdeu o sono, embora, no primeiro instante, não tenha se espantado com o fato de que ele falava feito gente. Porém, quando o Coelho tirou o relógio do bolso do colete para olhar as horas, Alice sentiu uma curiosidade irresistível de saber para onde ele ia e correu atrás.

"Pernas, pra que te quero!" – corria o Coelho. "Já te pego, já te largo!" – corria Alice. Ele sumiu numa toca, e ela, sem se preocupar com o que desse ou viesse, resolveu segui-lo.

Por baixo da terra, o caminho continuava como um túnel e, de repente, tão de repente que Alice não conseguiu brecar, terminava num abismo. A menina olhou para baixo e só viu escuridão. Devia ser um poço sem fundo, ou então ela estava caindo muito devagar, porque dava para olhar em volta.

Ao longo das paredes, havia quadros, mapas, armários e prateleiras. De uma destas, Alice pegou um vidro onde estava escrito "geleia de laranja", mas, por falta de sorte, estava vazio. Não quis jogá-lo fora, com medo de que caísse na cabeça de alguém e causasse um acidente. Tornou a colocá-lo em outra prateleira e continuou caindo.

– Depois de uma queda deste tamanho, nunca mais vou me queixar quando rolar escada abaixo lá em casa. Todos vão achar que me tornei muito valente.

Devagar e sempre, continuou a queda e, para se entreter, falou para si mesma:

– Devo estar chegando ao centro da Terra. Nesta altura (ou será melhor dizer: nesta profundidade?), quantos quilômetros já percorri?

Alice tinha aprendido diversas coisas na escola e achou que era uma ótima oportunidade para mostrar seus conhecimentos. Pena não haver ninguém para ouvi-la. Mesmo assim, prosseguiu:

– Alguns milhares de quilômetros, mas qual será a latitude e a longitude?

Não tinha a menor ideia do que fossem latitude e longitude, mas pareciam belas palavras para serem ditas.

Continuou suas observações:

– Pelo jeito, estou atravessando a Terra. Vai ser engraçado sair do outro lado, onde vivem as pessoas que andam de cabeça para baixo. Os antipáticos, acho que é assim que os chamamos (não tinha muita certeza do que dizia e, por isso, achou bom estar sozinha).

A queda prosseguia lentamente, e Alice mudou de assunto:

– Acho que a Dinah vai sentir saudade de mim esta noite – a menina se referia à sua gatinha de estimação. – Espero que as pessoas lá em casa se lembrem do seu prato de leite. Ah, minha querida, que bom se estivesse comigo. Não há ratos no ar, mas talvez você pudesse caçar um morcego, que é um rato que voa. Será que os gatos comem morcegos?

Fazia tanto tempo que Alice estava caindo que começou a ficar sonolenta e continuou falando, como num sonho:

– Gatos comem morcegos? Morcegos comem gatos?

Não importava a pergunta, porque ela não sabia mesmo a resposta.

A certa altura, mergulhou no sono. Sonhou que passeava de mãos dadas com sua gatinha e perguntava:

– Vamos, Dinah, seja sincera e conte a verdade, você já comeu um morcego?

Não deu nem tempo de Dinah responder. Plaft, pluft! – a queda acabou em cima de um monte de gravetos e de folhas secas.

Alice não se machucou e levantou-se de um pulo. Olhou para cima e a escuridão era total. Mas, à sua frente, havia um corredor, onde viu o Coelho Branco correndo lá adiante. "Pernas, pra que te quero!" Saiu atrás dele, que resmungava:

– Ai, minhas orelhas e meus bigodes, estou atrasado!

A menina quase o alcançou, mas ele dobrou uma esquina e sumiu.

De repente, Alice entrou numa sala comprida e baixa, iluminada por lâmpadas que pendiam do teto. Havia muitas portas nas paredes, e ela foi tentando abrir cada uma delas, mas estavam todas trancadas. No centro, em cima de uma mesa de vidro, a menina encontrou uma chavezinha dourada e decidiu experimentá-la. Não serviu em nenhuma porta. Ou as fechaduras eram muito grandes, ou a chave era muito pequena, o que dava no mesmo.

Foi então que Alice reparou numa cortininha junto ao rodapé e, atrás dela, uma portinha de uns trinta centímetros de altura. E resolveu usar a chave, que desta vez serviu. A menina não tinha como passar, mas podia espiar e, do outro lado, viu um belo jardim. Já que tanta coisa esquisita tinha acontecido naquele dia, ela pensou:

"Eu gostaria de poder encolher feito um telescópio. Quem sabe encontro um livro que me ensine a fazer isso..."

Com essa intenção, Alice olhou de novo sobre a mesa e viu uma garrafinha (ela sabia que aquilo não estava ali antes) com um rótulo onde se lia: "Beba-me".

– Vamos ver se posso beber mesmo ou se em algum lugar está escrito que é veneno. Já ouvi histórias de crianças que sofreram queimaduras ou foram atacadas por feras porque não tomaram cuidado.

Como não havia aviso de "veneno", Alice provou e achou o gosto bom (era um sabor misturado de torta de cereja, creme de leite, suco de abacaxi, peru assado, doce puxa-puxa e torradas quentes com manteiga). Bebeu de um só gole até o fim.

– Que coisa esquisita, parece que estou encolhendo de verdade.

A menina realmente tinha diminuído, devia estar com um palmo de altura. E, na maior alegria, correu para a portinha que levava ao jardim. Estava trancada, mas Alice pôde ver a chave lá no alto, em cima da mesa de vidro. Tentou subir pela perna da mesa, mas ficou exausta e não conseguiu. Era mesmo de desanimar. Sentou-se no chão e chorou. Foi quando viu, embaixo da mesa, um bolo minúsculo com um letreiro: "Coma-me". Desta vez, não teve dúvidas: deu uma mordida no bolo e ficou esperando o resultado. Pôs as mãos sobre a cabeça para sentir se crescia e alcançava a mesa, ou se diminuía mais ainda e passava por baixo da porta. Não aconteceu nada. Em geral, é o que ocorre quando a gente come bolo, mas Alice, agora, queria resultados especiais para tudo que bebesse ou comesse. Ansiosa pela mudança, engoliu o bolo inteiro.

Capítulo 2

O mar de lágrimas

– Acho que me transformei no maior telescópio do mundo. Não devia ter comido aquele bolinho com tanta gula. Se eu crescer mais um pouco, não vou enxergar meus próprios pés.

Olhou para baixo, viu os pés na distância e pensou que continuava precisando deles para levá-la de um lugar para outro. Por isso, prometeu:

– No Natal, mando um cartão e um presente para vocês.

Já que estava grandona, pegou a chave de cima da mesa para abrir a portinha que dava para o jardim. De que adiantava isso, se sua cabeça já encostava no teto e nem o dedão do seu pé passaria por aquela porta? Sentou-se no chão e se pôs a chorar, dizendo para si mesma:

– Uma menina desse tamanho chorando, onde já se viu?

Mas as lágrimas continuavam a correr em tal quantidade que formaram um lago em sua volta.

De repente, ouviu um barulhinho de passos e secou os olhos para ver quem se aproximava. Era o Coelho Branco, muito bem vestido, com um par de luvas brancas em uma das mãos e um leque na outra. Ia correndo com muita pressa e dizia:

– A Duquesa vai ficar furiosa se eu a fizer esperar.

Em seu desespero, Alice resolveu pedir ajuda ao Coelho, e disse, com voz macia:

– Por favor, o senhor poderia...

O Coelho levou tamanho susto que deixou cair as luvas e o leque e fugiu em disparada.

Devido ao calor, Alice pegou o leque para abanar-se e ficou tentando colocar uma das luvas no dedo mínimo.

– Que dia, hoje! Quanta coisa me aconteceu, acho que nem sou mais eu. Devo ser outra e não sei quem é a desconhecida que sou agora.

Subitamente, percebeu que não havia enfiado somente o dedo mínimo na luva, mas a mão inteira, e ficou admirada:

– Devo ter ficado pequena outra vez.

Para tirar a dúvida, aproximou-se da mesa com a intenção de calcular sua altura. Achou que media pouco mais de meio metro e diminuía sem parar.

– Com certeza, é o efeito do leque. Se não me livrar dele, vou desaparecer.

Jogou o leque fora e suspirou aliviada:

– Escapei por pouco!

Correu para a portinha, gritando:

– Jardim, aqui vou eu!

A porta estava fechada, e a chave, outra vez, em cima da mesa. Tinha posto lá de volta quando era gigante. Só restava se lamentar:

– As coisas vão de mal a pior.

O que ela não sabia é que podiam piorar mais ainda. E foi o que aconteceu, quando escorregou e mergulhou em água salgada.

– Devo estar no mar e, se for assim, volto de trem.

Alice só estivera na praia uma vez e fora para lá de trem. Supunha que todas as praias tivessem um trem para levar as pessoas de volta.

De repente, entendeu que aquele era o lago formado pelas lágrimas choradas quando era grandalhona.

– Quem mandou chorar tanto? Agora só resta nadar para não morrer afogada nas próprias lágrimas.

Ouviu um barulhinho e nadou naquela direção para ver o que era. De cara, pensou que fosse uma morsa ou um hipopótamo, mas lembrou o quanto diminuíra de tamanho e se deu conta de que o bicho era um rato.

– Será que vale a pena falar com ele?

As coisas tinham se tornado tão estranhas que parecia natural falar com um rato. Talvez ele soubesse como sair dali.

– Oi, Rato!

O Rato olhou para ela, mas não disse nada.

Nem passou pela cabeça de Alice que ele não soubesse falar. Achou que, talvez, não tivesse entendido. E, como a língua estrangeira que ela estudava era francês, resolveu experimentar. Sabia pouco e disse o que estava na primeira lição:

– *Où est ma chatte?* [Onde está minha gata?]

Por incrível que pareça, o Rato entendeu a palavra perigosa e, ao ouvir falar em "gata", deu um pulo de susto.

Alice percebeu o fora e procurou remediar o malfeito:

– Desculpe, eu esqueci que você não gosta de gatos.

– Se você fosse eu, gostaria?

– Não sei, mas não fique zangado. Se você conhecesse minha gatinha Dinah, talvez mudasse de opinião. Ela é tão fofinha, sabe lamber as patinhas com tanta graça e é danada para apanhar camundongos.

O Rato ficou eriçado, e Alice percebeu que o ofendera outra vez:

– Desculpe. Se preferir, não falaremos mais nesse assunto.

– Eu nunca falei, você é que não tem educação e mantém amizade com esses animais desprezíveis.

O Rato ia nadando em outra direção, para se afastar dela. Alice não queria ficar sozinha e chamou por ele:

– Ratinho querido, por favor, me perdoe, prometo não falar mais nesse assunto...

O Rato, mal contendo a raiva, mas muito emocionado, disse para a menina:

– Por esta vez eu a desculpo. Mas, quando chegarmos à praia, vou lhe contar minha história, e saberá que tenho motivos para odiar esses animais horríveis.

Havia bichos de todo tipo no mar de lágrimas: um pato, um dodó, um papagaio, além de muitos outros. Alice nadou para a margem, e todos a seguiram.

Capítulo 3

A corrida do seca-rega

Era uma turma variada, aves com penas molhadas, bichos de pelo encharcado, todos pingando água e muito inquietos, desajeitados e sem saber o que fazer.

O assunto principal, é claro, era conseguir ficar enxuto. Todos falavam e se contradiziam. Alice tomou parte na discussão com naturalidade, como se os tivesse conhecido sempre. Só teve um pequeno desentendimento com o papagaio, que argumentou:

– Sou mais velho do que você, tenho mais experiência e sei o que convém.

– Diga que idade tem.

– Não é da sua conta.

Alice ficou sem saber, mas resolveu deixar por isso mesmo e pediu ao Rato:

– Conte a história de sua vida.

O Rato gostou da ideia e ordenou:

– Sentem-se todos, que vou falar.

Os outros protestaram:

– A gente precisa ficar seco.

O Dodó tomou a palavra:

– Nesse caso, proponho que a assembleia seja suspensa para a adoção de medidas mais enérgicas...

– Fale claro. Não entendi metade do que disse, e acho que nem você entendeu – foi o aparte do Filhote de Águia.

– O que eu ia dizer – falou o Dodó em tom ofendido – é que a melhor coisa para ficarmos secos é a corrida de seca-rega.

– O que é uma corrida de seca-rega? – perguntou Alice, sentindo que, se continuasse tão molhada, ia pegar um resfriado.

– A melhor maneira de explicar é organizar uma.

Foi falando e riscando um círculo no chão. Claro que não era bem um círculo, mas o Dodó levava jeito para desenho, e colocou os participantes em cima da linha. Depois, gritou:

– Um, dois, três, a correr!

E correram. Mas não ao mesmo tempo, porque alguns paravam, e voltavam quando queriam, o que tornava impossível saber quem era o vencedor. Mais ou menos meia hora depois, quando já estavam secos, o Dodó gritou:

– A corrida acabou!

Os participantes o rodearam esbaforidos, indagando:

– Quem ganhou?

O Dodó ficou parado, com o dedo na testa, para mostrar que estava pensando. Os demais esperaram em silêncio. Por fim, ele declarou:

– Todos ganharam e todos merecem prêmios.

Foi um vozerio querendo saber:

– Quem vai dar os prêmios?

– Claro que é ela – disse o Dodó, apontando para Alice.

Foi a vez de os animais rodearem a menina, pedindo:

– Prêmios, queremos prêmios.

Alice ficou sem saber o que fazer e, em desespero, meteu a mão no bolso, encontrou uma caixinha de confeitos (ainda bem que não estavam molhados) e os entregou como prêmios. Por sorte, deu o número exato, e cada um recebeu o seu.

O Pato falou:

– Ela também deve ganhar um prêmio.

– Com certeza – respondeu o Dodó, com autoridade.

Mas, em vez de ele próprio providenciar o prêmio, voltou-se para Alice e perguntou:

– Que mais você tem no bolso?

A menina respondeu, muito sem graça:

– Só um dedal.

– Passe pra cá.

A multidão os rodeou de novo, e o Dodó disse:

– Temos a honra de oferecer-lhe este precioso dedal.

Ao fim desse breve discurso, todos aplaudiram.

Alice estava achando aquilo sem pé nem cabeça, mas procurou ficar séria e, não sabendo o que dizer, fez uma reverência agradecendo receber de prêmio o próprio dedal.

A próxima etapa foi comer os confeitos, o que causou ruído e confusão. Os animais maiores se queixavam de nem sentir o gosto, e os pequenos se engasgaram, precisando de tapas nas costas para sair do aperto.

Quando terminou essa cerimônia, sentaram-se em torno do Rato e pediram que contasse sua história. Ele começou, em tom comovido:

Uma vez, há muito tempo
Houve um julgamento
Sem júri e sem juiz
Onde o Rato infeliz
Foi para sempre condenado
Sem ter sido julgado

Interrompeu a história para dar bronca em Alice:

– Você não está prestando atenção.

– Claro que estou.

– Tem o atrevimento de me contradizer? Agora fiquei ofendido.

– Desculpe. Não tive a intenção...

– Você está me insultando.

Nessa altura, o Rato se levantou e tomou o caminho para ir embora.

Alice chamou:

– Por favor, continue sua história.

Os outros também pediram:

– Volte, conte sua história.

O Rato nem deu resposta, seguiu em frente.

Alice comentou:

– Se a Dinah estivesse aqui, trazia ele de volta.

– Quem é Dinah? – quis saber o Papagaio.

– Dinah é nossa gatinha. Você nem imagina a facilidade com que ela apanha ratos. Gostaria também que vissem como, de um salto, ela pega um passarinho.

A revelação causou alvoroço entre os ouvintes, que se puseram em fuga. Alice ficou só e se deu conta da tolice que dissera, e comentou para si mesma:

– Não devia ter falado na Dinah. Parece que por aqui ninguém gosta dela, mas para mim é a melhor gata do mundo.

Alice se sentiu, outra vez, muito só e desanimada. De repente, como as coisas aconteciam por aqui, ouviu uns passinhos se aproximando e teve a esperança de que o Rato estivesse voltando e terminasse sua história.

Capítulo 4

O Coelho manda e desmanda

O Coelho Branco, andando devagar e olhando em volta como se procurasse alguma coisa, murmurava:

– A Duquesa! A Duquesa! Ai, minhas pobres patas! Ai, minha pele e meus bigodes. Ela vai exigir minha execução, tão certo como dois e dois são cinco! Onde, em que lugar eu os perdi?

Alice entendeu, na hora, que ele falava do leque e das luvas, e começou a procurar também, mas tudo tinha mudado. Não havia mais sala com a mesa de vidro nem a portinha que abria para o jardim.

O Coelho viu Alice e falou, muito zangado:

– O que você anda fazendo aqui, Mary Ann? Corra para casa e traga um leque e um par de luvas para mim. Depressa, vamos!

A menina ficou tão assustada que correu na direção que ele apontava, sem pensar que não era Mary Ann. Mais adiante, se deu conta:

– Ele pensou que eu fosse sua empregada. Vai ficar muito admirado quando souber que se enganou. Não importa, vou buscar seu leque e suas luvas, se os encontrar.

Parou diante de uma casinha. Na porta estava escrito: "Coelho B". Entrou sem bater e subiu a escada ligeiro, com medo de que a verdadeira Mary Ann a visse e a pusesse para fora, antes que encontrasse o leque e as luvas.

"Isso não faz sentido", pensou Alice. "Virei mensageira de um coelho. Se continuar nesse ritmo, quando voltar para casa, a Dinah vai querer me dar ordens. Eu terei de cancelar um passeio para tomar conta do buraco de rato que minha própria gata vai me mandar ficar vigiando, enquanto ela sai para passear."

Nesse momento, a menina chegou a um quarto pequeno e bem-arrumado. Junto à janela havia uma mesa, sobre a qual repousavam um leque e dois ou três pares de luvas brancas. Pegou o leque e um dos pares de luvas e já ia embora, quando viu uma garrafinha perto do espelho. Desta vez não tinha rótulo com a expressão "Beba-me". Mesmo assim, destampou a garrafa e a levou à boca.

– Quem sabe, agora, eu cresço um pouco. Estou farta de ser tão pequeninha.

Antes de tomar metade da bebida, já estava batendo a cabeça no teto e teve de se abaixar para não quebrar o pescoço. Largou a garrafa e falou, assustada:

– Chega! Não devia ter bebido tão depressa.

Tarde demais para se arrepender. Continuou crescendo e teve de se ajoelhar. Daí a pouco, não cabia mais no quarto. Estendeu-se no chão com um cotovelo apoiado na porta e o outro em cima da cabeça. Crescia sem parar, e o jeito foi pôr um braço fora da janela e um pé dentro da lareira.

Para sorte de Alice, o efeito mágico da beberagem tinha chegado ao fim. A posição era incômoda, e não havia como sair dali, o que a deixava muito preocupada.

De repente, ouviu a voz do Coelho Branco chamando:

– Mary Ann! Mary Ann! Traga já as minhas luvas e o leque.

Ouviu também passinhos na escada e sabia que era o Coelho Branco vindo atrás dela. Não se lembrou de que agora era muito maior do que ele e tremeu de medo, fazendo a casa toda balançar.

O Coelho tentava abrir a porta, mas o cotovelo de Alice tornava inútil o esforço dele, que não se deu por vencido e disse:

– Vou dar a volta e entrar pela janela.

– Isso é o que você pensa! – foi a resposta de Alice.

Esperou um pouquinho e, quando achou que o Coelho estava próximo da janela, abriu a mão no ar. Não agarrou nada, mas ouviu um barulho de vidro quebrado e pensou: "Deve ter caído numa estufa ou coisa parecida".

Em seguida, ouviu o Coelho dizer, muito zangado:

– Pat! Pat! Onde você está?

Depois, uma voz que ainda não conhecia:

– Estou aqui, patrão, colhendo maçãs.

– Colhendo maçãs... só me faltava essa! Venha cá e me ajude, oras!

Mais vidro quebrado e, de novo, a voz do Coelho:

– Vamos, Pat, me diga o que vê ali na janela.

– É um braço, patrão, um braço...

– Um braço, asno?! Quem já viu um braço daquele tamanho, que ocupa toda a janela?

– É verdade, patrão, mas nem por isso deixa de ser um braço, não é mesmo?

– Seja o que for, você vai lá e joga-o fora.

Outras vozes começaram a dar palpite:

– Pode ser um braço preso a um corpo, e, nesse caso, é melhor entrar pela chaminé.

– Precisa de escada para subir no telhado.

– Será que o telhado aguenta?

– Isso é tarefa para o Bill.

– Bill, venha cá. O patrão diz que é você que tem de ir.

Alice pensou: "Então é o Bill quem vem pela chaminé. Acho que posso dar-lhe um pontapé".

Quando escutou o ruído de alguém descendo, levantou o pé que estava dentro da lareira e mandou-o para o espaço.

Ouviu várias vozes ao mesmo tempo:

– Lá vai o Bill pelos ares.

– Já está caindo.

– O que aconteceu com ele?

– Ajude-o!

A voz do Coelho Branco decidiu:

– Vamos ter de pôr fogo na casa.

Alice pensou: "Se tivessem juízo, arrancavam o telhado".

Outra vez o Coelho:

– Um carrinho cheio é o bastante para começar.

"Um carrinho cheio de quê?", pensou Alice, mas logo descobriu que se tratava de pequenas pedras que atiravam pela janela.

Mal caíam no chão, as pedras se transformavam em bolinhos.

Por tudo que já tinha acontecido, Alice concluiu: "Se comer um desses bolinhos, vou mudar de tamanho e, então, vou diminuir, porque não dá para crescer mais ainda".

Devorou um dos bolinhos e sentiu que diminuía rapidamente. Quando ficou do tamanho que dava para passar pela porta, tratou de ir embora. Lá fora havia uma multidão de animaizinhos e pássaros.

No momento em que Alice apareceu, todos investiram contra ela, mas a menina conseguiu correr e se esconder num bosque ali perto. Assim que se sentiu salva, pensou: "Fiquei muito pequena, e a primeira coisa que tenho de fazer é voltar ao meu tamanho normal. A segunda é encontrar aquele jardim encantado".

Parecia um excelente plano. A única dificuldade era não ter a mínima ideia de como conseguir qualquer das duas coisas.

Alice lutava para andar entre os arbustos, e até mesmo entre as plantinhas rasteiras, mas continuava pensando: "É claro que, para crescer, preciso comer ou beber alguma coisa, mas... o quê?".

Olhava em volta para as flores e folhas de relva, mas nada lhe parecia adequado para comer ou beber naquelas circunstâncias. Viu um cogumelo mais ou menos de sua altura e olhou debaixo dele, de um lado e de outro, e depois se lembrou de olhar no alto para ver se havia alguma coisa.

Ficou na ponta dos pés para poder olhar em cima do cogumelo e viu uma grande lagarta azul, sentada com os braços cruzados, que também a olhou, com ar de superioridade.

Capítulo 5

Os conselhos da Lagarta

A Lagarta e Alice olharam uma para a outra por algum tempo, em silêncio. Por fim, a Lagarta indagou:

– Quem é você?

Não era um jeito muito simpático de começar uma conversa, mas Alice respondeu:

– Eu nem sei direito quem eu sou. Eu sabia, hoje de manhã, quando acordei, mas já mudei tantas vezes que não sei mais nada.

– Que você quer dizer com isso? Explique-se.

– Acho que não sei explicar, porque eu não sou mais eu, compreende?

– Não compreendo, nem entendo.

– Acho que não sei explicar melhor que isso, porque eu mesma não entendo. É muito confuso ter vários tamanhos num dia só.

– Não acho.

– Decerto nunca experimentou isso, mas quando tiver de se transformar numa crisálida, o que algum dia vai acontecer, e depois numa borboleta, creio que vai achar meio esquisito, não?

– Nem um pouco.

– Sua opinião pode ser diferente, mas eu me sentiria muito estranha.

A Lagarta fez pouco-caso:

– Você? Quem é você?

Com essa pergunta, voltavam ao começo da conversa. Alice ficou irritada e respondeu, ríspida:

– Acho que é sua vez de dizer quem é.

– Por quê?

Era outra pergunta que não levava a lugar nenhum, e a menina resolveu ir embora, antes que as coisas piorassem.

A Lagarta a chamou:

– Volte aqui. Tenho algo importante para lhe dizer.

Podia ser alguma coisa boa. Alice achou melhor voltar.

A Lagarta disse:

– Não perca a calma.

– É isso que tem pra me dizer?

– Tem mais.

Alice pensou que talvez valesse a pena esperar um pouco, já que não tinha nada para fazer.

Depois de alguns minutos, a Lagarta falou:

– De que tamanho você quer ser?

– Não me importo muito com uma altura determinada, mas ninguém gosta de mudar toda hora de tamanho, você sabe.

– Eu não sei – respondeu a Lagarta.

Alice ficou quieta, mas estava perdendo a paciência com tantas malcriações.

Novo silêncio e, outra vez, foi a Lagarta quem tomou a palavra:

– Está satisfeita com a altura que tem agora?

– Gostaria de ser um pouquinho mais alta. Afinal, menos de dez centímetros é muito pouco.

– É uma altura muito boa! – retrucou a Lagarta, levantando-se, zangada (sua altura não chegava a dez centímetros).

– É que não estou acostumada – Alice procurou dizer isso com voz de quem não quer briga.

– Você acaba se acostumando – tornou a Lagarta, que ficou calada por um bom tempo.

Desta vez, Alice esperou pacientemente. Minutos depois, a Lagarta desceu do cogumelo e se afastou rastejando pela grama e aconselhando, enquanto ia embora:

– Um lado faz você crescer, e o outro faz diminuir.

"Um lado de quê? Outro lado de quê?", pensou Alice.

– Do cogumelo – respondeu a Lagarta, como se Alice tivesse feito a pergunta em voz alta.

Depois das últimas palavras, a Lagarta sumiu.

Alice ficou olhando o cogumelo, tentando descobrir quais eram os dois lados. Mas, por ser redondo, parecia que não tinha lado. A questão era difícil e, na falta de uma ideia melhor, abriu os braços o mais que pôde e arrancou um pedaço com cada uma das mãos.

– E agora, qual é qual?

Experimentou uma mordidinha no pedaço que estava na mão direita. Sentiu, em seguida, seu queixo bater nos pés.

Apesar do medo daquela mudança súbita, percebeu que não havia tempo a perder. Estava diminuindo depressa demais, era preciso comer do outro pedaço. Seu queixo estava tão pressionado contra os pés que foi difícil abrir a boca para comer o pedaço de cogumelo da mão esquerda.

– Que bom, minha cabeça está livre outra vez!

Nem deu tempo de comemorar, pois se deu conta de que mal enxergava os próprios ombros. Tudo que via era um pescoço interminável, que se erguia acima do arvoredo.

Pelo menos, ainda tinha os dois pedaços do cogumelo e, com muito cuidado, foi mordiscando um e outro até conseguir voltar ao seu tamanho original.

– Até que enfim voltei a ser eu mesma. Agora só falta encontrar aquele jardim encantado.

Ia dizendo isso para si mesma, quando chegou diante de uma linda casinha, que parecia de brinquedo, com cerca de um metro de altura.

– Não posso entrar lá com o meu tamanho. Vou ser obrigada a diminuir outra vez para não assustar os moradores.

Comeu uma migalha do cogumelo da mão direita e só se aproximou da casa quando media pouco mais de trinta centímetros.

Capítulo 6

Porco e pimenta

Por um ou dois minutos, ficou parada olhando a casa e decidindo o que fazer. De repente, um lacaio saiu correndo do bosque e bateu com força na porta. Achou que era um lacaio porque usava libré, mas a cara era de peixe.

A porta foi aberta por outro lacaio com cara de sapo. Os dois tinham os cabelos empoados e encaracolados.

Alice saiu do bosque e se aproximou para escutar o que diziam.

O Lacaio-Peixe tirou de baixo do braço um enorme envelope, quase do tamanho dele, e entregou ao outro, dizendo em tom solene:

– Para a Duquesa. Um convite da Rainha para jogar bateu-valeu.

O Lacaio-Sapo repetiu, no mesmo tom solene, trocando a ordem das palavras:

– Da Rainha. Um convite para a Duquesa jogar bateu-valeu.

Os dois se inclinaram em curvatura, e as cabeleiras ficaram presas uma na outra. A menina riu tanto que precisou recuar para o bosque, para que não ouvissem suas gargalhadas. Quando ela saiu de lá, o Lacaio-Peixe já tinha ido embora, e o outro estava sentado no chão, perto da porta, olhando para o céu.

Alice aproximou-se da porta e bateu.

O Lacaio-Sapo disse:

– Não adianta bater, por duas razões. A primeira é que estou do mesmo lado da porta que você. A segunda é que lá dentro há tanto barulho que não podem ouvi-la.

De fato, o barulho era violento, pareciam uivos e espirros, louça e objetos quebrados.

– Como eu posso entrar? – perguntou a menina.

O Lacaio-Sapo respondeu, sem olhar para ela:

– Poderia bater na porta se ela estivesse entre nós dois. Por exemplo, se você estivesse no lado de dentro, poderia bater e eu abriria para você sair, entendeu?

Alice achou falta de educação falar olhando para o céu, mas pensou que talvez não houvesse outro jeito, já que ele tinha os olhos no alto da cabeça. Insistiu no que lhe interessava:

– Como posso entrar?

– Vou ficar sentado aqui até amanhã... – afirmou o Lacaio-Sapo.

Nesse momento, a porta da casa foi aberta, e um prato passou voando rente à cabeça do Lacaio e indo espatifar-se numa árvore atrás dele.

O Lacaio continuou no mesmo tom, como se nada tivesse acontecido:

– Talvez até depois de amanhã.

Alice, desta vez, falou mais alto:

– Como posso entrar?

O Lacaio pareceu interessado:

– Precisa mesmo entrar? Você sabe, essa é a primeira questão.

Era verdade, mas a menina não gostou de ouvir isso e pensou: "Aqui todos têm mania de discutir".

O Lacaio aproveitou a pausa para repetir sua decisão anterior:

– Vou ficar sentado aqui por dias e dias.

– E eu, o que faço?

– O que você quiser.

Alice concluiu:

– Não adianta falar com ele, é um tonto.

Abriu a porta e entrou direto numa cozinha cheia de fumaça. A Duquesa estava sentada num banquinho de três pernas com um bebê no colo. A Cozinheira, de pé junto ao fogo, mexia um caldeirão de sopa. Havia muita pimenta no ar. Alice espirrou e disse:

– Há pimenta demais nessa sopa.

A Duquesa espirrava de vez em quando. O bebê espirrava e berrava sem parar. As duas únicas criaturas na cozinha que não espirravam eram a Cozinheira e um enorme gato, que dormia junto ao fogão e sorria de orelha a orelha.

A menina não estava acostumada a falar com duquesas e, com certa timidez, perguntou:

– Por que o gato sorri daquele jeito?

– É um gato de Cheshire, seu porco!

A Duquesa disse a última palavra com tanta violência que Alice deu um pulo para trás. Em seguida, entendeu que o xingamento era para o bebê e tomou coragem de continuar falando:

– Não sabia que os gatos de Cheshire sorriam. Para falar a verdade, nem sabia que gatos podiam sorrir.

– Todos podem, e a maior parte o faz – respondeu a Duquesa.

– Não conheço nenhum que sorri – falou Alice com muita educação, feliz por ter começado uma conversa.

A Duquesa não estava para essas finuras e respondeu:

– Você não sabe coisa nenhuma, essa é a verdade.

Alice não gostou do tom e achou melhor mudar de assunto. Enquanto pensava em algo para dizer, a Cozinheira tirou o caldeirão do fogo e começou a jogar tudo que estava por perto contra a Duquesa e o bebê. Caçarolas, panelas e pratos voavam por todos os lados. A Duquesa não ligava para o que acontecia, nem mesmo quando era atingida. Quanto ao bebê, já gritava tanto antes que não era possível saber se fora atingido ou não.

– Por favor, cuidado com o que está fazendo! – gritou Alice, pulando de um lado para outro, aterrorizada.

– Se cada um cuidasse de seus próprios assuntos, o mundo giraria mais rápido.

– O que não seria nenhuma vantagem – falou a menina, contente em poder mostrar seus conhecimentos. – A Terra leva vinte e quatro horas para dar uma volta, que forma o dia e a noite, se cortar...

A Duquesa interrompeu:

– Por falar em cortar, corte a cabeça dela.

Alice olhou aflita em direção à Cozinheira, com medo de que ela cumprisse a ordem da patroa. Viu que continuava mexendo a sopa, e isso a tranquilizou para continuar falando:

– Vinte e quatro horas para girar em torno do Sol... ou serão doze?

– Não me aborreça. Nunca gostei de números.

A Duquesa acabou com as pretensões de sabedoria de Alice e, em seguida, começou a acalentar o bebê com uma espécie de canção de ninar. Ao fim de cada verso, dava uma violenta sacudidela na pobre criança.

Não tenha pena de sua criança
Fale duro quando ela espirra
Ela só gosta de armar lambança
Tudo que faz é por pura birra

A Duquesa atirou o bebê nos braços de Alice, dizendo:

– Pode cuidar dele um pouco, se quiser. Eu vou me arrumar para ir jogar bateu-valeu com a Rainha.

Falou e saiu da sala. A Cozinheira jogou uma frigideira em sua direção, mas não a atingiu.

Alice pegou o bebê com dificuldade. Ele estendia braços e pernas em todas as direções "feito uma estrela-do-mar", foi o que pensou a menina.

O coitado resfolegava como uma locomotiva, e Alice mal podia segurá-lo. Mas, assim que conseguiu um jeito de carregá-lo, saiu ao ar livre.

– Se não levar esta criança comigo, vão matá-la. Seria um crime deixá-la abandonada.

Em resposta, o bebê deu um grunhido. Alice achou esquisito e disse:

– Pare de grunhir, os bebês não fazem isso.

O bebê grunhiu de novo, e a menina olhou para o seu rosto para ver se havia alguma coisa estranha. De fato, o nariz era muito voltado para cima e parecia um focinho. Os olhos eram apertados demais, e ela comentou:

– Se você está se transformando num leitão, não tenho mais nada a ver com você.

O bebê tornou a grunhir, e Alice pensou: "O que vou fazer com ele quando voltar para casa?".

Olhou novamente e, desta vez, não teve dúvida: era mesmo um porquinho, e não havia razão para continuar carregando-o. Soltou-o no chão, e o bichinho correu para o bosque. Alice ainda pensou: "Se tivesse continuado gente, ia ser um menino muito feio, mas virou um leitão bem bonito".

Olhou para uma árvore e viu o Gato de Cheshire, acomodado num galho, sorrindo para ela. Parecia manso, mas suas unhas e seus dentes tornaram Alice cautelosa:

– Gatinho de Cheshire – falou, tentando agradar.

O Gato sorriu mais ainda.

A menina concluiu que ele era amistoso e continuou:

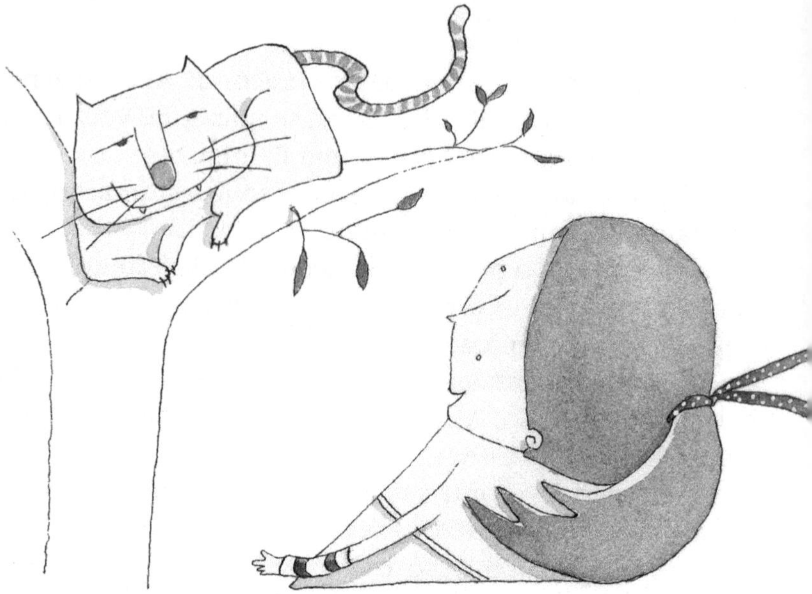

– Pode me dizer qual o caminho para sair daqui?

– Depende de onde você quer ir.

– Não me importo muito com isso.

– Nesse caso, qualquer caminho serve.

– Desde que me leve a algum lugar.

– Isso vai acontecer se você caminhar por algum tempo.

Alice percebeu que o Gato tinha razão e tentou outra pergunta:

– Que tipo de gente vive por aqui?

– Naquela direção – o Gato apontou com sua pata direita –, vive o Chapeleiro. Naquela outra – indicou com a esquerda –, vive a Lebre de Março. Tanto faz quem você visitar, os dois são loucos.

Alice protestou:

– Não quero encontrar gente louca.

– Não pode evitar isso. Aqui todos são loucos. Eu e você também.

– Por que acha que sou louca?

– Se não fosse louca, não andava por aqui.

– Talvez sim, talvez não.

– Tenha a opinião que quiser. Vai jogar bateu-valeu hoje com a Rainha?

– Gostaria muito, mas não fui convidada.

– A gente se encontra lá – disse o Gato, e sumiu.

Alice não estranhava mais essas coisas e ainda estava olhando para onde o Gato tinha desaparecido, quando ele voltou e quis saber:

– Onde está o bebê?

– Transformou-se num porquinho.

– Foi o que pensei. – E tornou a sumir no ar.

A menina esperou que voltasse outra vez, mas, como ele não apareceu, caminhou em direção à casa da Lebre de Março, pensando: "Já conheci alguns chapeleiros, mas nunca vi uma Lebre de Março. E, como agora é o mês de maio, talvez ela não esteja muito louca".

De súbito, o Gato reapareceu num galho de árvore e perguntou:

– Você disse porquinho ou tronquinho?

– Eu falei *porquinho*. Por favor, quando tiver que aparecer ou sumir, eu gostaria que não fosse tão de repente.

– Está bem – disse o Gato e, desta vez, desapareceu bem devagarinho, começando pela cauda e terminando pelo sorriso, que ainda ficou no ar um instante, quando o resto do corpo já tinha sumido.

Alice não precisou andar muito para chegar à casa da Lebre de Março. Identificou-a logo, devido à chaminé em forma de orelhas. Era uma casa grande, e decidiu crescer um pouco para se aproximar. Deu uma mordidinha no pedaço de cogumelo da mão esquerda, ficou com uns setenta centímetros de altura e achou que era o suficiente para a ocasião.

Capítulo 7

O chá maluco

Na frente da casa, embaixo de uma árvore, havia uma mesa ao redor da qual a Lebre de Março tomava chá com o Chapeleiro. Entre eles estava uma marmota, que os dois usavam como se fosse uma almofada para apoiar os cotovelos.

Alice pensou: "Coitada da Marmota... se bem que está dormindo e decerto não liga em servir de almofada".

A mesa era grande, mas os três se apertavam num canto. Assim que viram a menina, gritaram:

– Não há lugar!

Alice se sentiu injuriada e revidou:

– Há muito lugar.

E foi se acomodando, bem folgada, numa poltrona em uma das cabeceiras.

A Lebre de Março falou, em tom amável:

– Aceita um pouco de vinho?

Alice olhou em volta e viu apenas chá. Achou a pergunta estranha e observou:

– Não vejo nenhum vinho.

– Não há nenhum mesmo – respondeu a Lebre.

– Nesse caso, não foi educado me oferecer.

– Tampouco foi educado sentar-se à mesa sem ser convidada.

O Chapeleiro, que ainda não tinha dito nada, indagou de forma irônica:

– Por que o corvo se parece com uma escrivaninha?

Alice se sentiu animada, gostava de "adivinhas", e esse era um jeito de descontrair:

– Vou tentar decifrar essa.

– Acha que sabe a resposta? – duvidou a Lebre.

– Chego lá.

A Lebre pressionou:

– Comece por dizer o que pensa.

– Eu digo o que penso... ou, pelo menos, penso o que digo, o que dá no mesmo.

– Não dá, não – atalhou o Chapeleiro. – Você acha que é a mesma coisa dizer "Vejo o que como" e "Como o que vejo"?

A Lebre também entrou no assunto:

– "Gosto do que tenho" não é o mesmo que "Tenho o que gosto".

A Marmota falou, meio dormindo:

– "Respiro quando durmo" é diferente de "Durmo quando respiro".

– Para você, é a mesma coisa – falou o Chapeleiro, pondo fim à conversa.

Alice ficou pensando em tudo que sabia sobre corvos e escrivaninhas, o que não era muito.

O Chapeleiro quebrou o silêncio com uma bronca contra a Lebre:

– Eu avisei que esta manteiga não era de boa qualidade.

– Foi a melhor que encontrei.

– Mas está misturada com migalhas de pão. Você não devia ter usado a faca de pão na manteiga.

A Marmota tinha dormido outra vez, e o Chapeleiro derramou chá no seu focinho. Ela sacudiu a cabeça e falou, sem abrir os olhos:

– Tá certo, tá certo, era exato o que eu ia dizer.

Voltando-se para Alice, o Chapeleiro perguntou:

– Já decifrou a adivinha?

– Desisto. Qual é a solução?

– Não tenho a menor ideia – respondeu o Chapeleiro.

– Nem eu – completou a Lebre.

– Acho que podiam aproveitar melhor o tempo do que gastá-lo com adivinhas absurdas.

– Se você conhecesse o Tempo tão bem quanto eu, não falaria em "aproveitá-lo" e "gastá-lo", como se fosse um objeto. Ele é uma pessoa.

– Não entendo o que disse.

– Claro que não, tenho certeza de que nunca se encontrou ou conversou com ele.

– Acho que não.

– Não sabe o que está perdendo. Se mantivesse uma boa amizade com o Tempo, ele faria qualquer coisa que você quisesse. Por exemplo, de manhã, na hora de começar as aulas, se você pedisse, ele faria o relógio correr e marcar a hora do almoço.

– Isso seria ótimo – Alice falou –, mas talvez eu não estivesse com fome.

– No começo, não – respondeu o Chapeleiro. – Mas o Tempo seguraria o tempo pelo tempo que você quisesse.

– É o que você faz?

O Chapeleiro balançou a cabeça num jeito muito triste:

– Infelizmente eu não posso. Tivemos um desentendimento em março, pouco antes de a Lebre ficar maluca. Na ocasião, a Rainha ofereceu um grande concerto, do qual participei cantando:

Voa, lindo morcego
Gracioso e cego
Voa alto, voa ao léu
Feito bandeja no céu
Pisca, pisca, pisca

Nesse ponto, a Marmota começou a cantar em sonho:

Pisca, pisca, pisca, pisca...

Parecia que nunca mais ia parar. A Lebre e o Chapeleiro deram-lhe uns safanões para que se calasse.

O Chapeleiro continuou a contar sua desgraça para Alice:

– Eu mal tinha acabado o primeiro verso, quando a Rainha ficou furiosa: “Ele está matando o Tempo! Cortem-lhe a cabeça!”.

– Que violência!

O Chapeleiro concluiu, em tom de enorme tristeza:

– Desde aquele momento, o Tempo não faz nada a meu favor. Para mim, são sempre cinco horas da tarde.

Alice teve uma ideia luminosa e perguntou:

– Por isso tem tantas xícaras de chá na mesa?

– Isso mesmo, é sempre hora do chá, e não há tempo de lavar a louça entre um chá e outro.

– O jeito é ir dando volta à mesa.

– Vamos trocando de lugar conforme a louça vai sendo usada.

– E o que acontece quando dão a volta completa?

A Lebre de Março interrompeu, dizendo:

– Acho melhor mudar de assunto, já cansei desse. Por que a menina não conta uma história?

– Não sei nenhuma – alegou Alice.

– Então a Marmota conta.

Como a Marmota continuava dormindo, a Lebre e o Chapeleiro a beliscaram, enquanto gritavam:

– Acorde e conte uma história!

A Marmota abriu seus olhos sonolentos e disse, com voz rouca:

– Eu não estava dormindo, ouvi tudo o que disseram.

– Então conte uma história rápido, antes que durma de novo – falou o Chapeleiro.

A Marmota começou, com toda pressa:

– Era uma vez três irmãzinhas, chamadas Elsie, Lacie e Tillie, que viviam no fundo de um poço...

– E o que comiam? – quis saber Alice.

– Comiam melado – respondeu a Marmota, depois de pensar um pouco.

– Não pode ser – retrucou a menina. – Teriam ficado doentes.

– Foi o que aconteceu, ficaram muito doentes.

Alice tentou imaginar como seria esse estranho modo de viver, mas continuou sem entender e perguntou:

– Por que viviam no fundo de um poço?

A Lebre de Março falou, muito séria:

– Aceita mais um pouco de chá?

– Não tomei nenhum até agora – respondeu Alice, um tanto ofendida. – Como posso tomar mais?

O Chapeleiro entrou no assunto:

– Você quer dizer que não pode tomar menos. É mais fácil tomar mais do que tomar nada.

– Ninguém pediu sua opinião.

– Quem está sendo mal-educado?

Alice ficou sem saber o que dizer e serviu-se de chá, pão e manteiga. Depois insistiu com a Marmota:

– Por que elas viviam no fundo do poço?

A Marmota tornou a pensar um pouco e respondeu:

– Era um poço de melado.

– Isso não existe...

– Psiu, psiu! – a Lebre e o Chapeleiro fizeram a menina ficar quieta.

A Marmota deu o troco:

– Se não sabe se portar melhor, conte a história você mesma.

– Por favor, desculpe, não vou interromper mais. Faz de conta que existia um poço de melado.

– Existia mesmo – retrucou a Marmota, indignada. – As três irmãzinhas estavam aprendendo a extrair, compreende?

– Extrair o quê? – quis saber Alice, esquecida de sua promessa.

– Melado – insistiu a Marmota, desta vez sem precisar pensar antes.

– Quero uma xícara limpa – interrompeu o Chapeleiro.

Enquanto falava, trocou de lugar, seguido pela Marmota. A Lebre ocupou o antigo lugar da Marmota, e Alice teve de ir para o que fora da Lebre. O único a ter vantagem foi o Chapeleiro. Para a menina, as coisas pioraram muito, porque, antes da troca, a Lebre tinha derramado leite no prato.

Alice não queria ofender de novo a Marmota, e falou com muito jeito:

– Eu não entendo de onde elas extraíam melado.

O Chapeleiro respondeu:

– Você pode extrair água de um poço de água, portanto é lógico que se pode extrair melado de um poço de melado.

A menina não deu atenção à opinião do Chapeleiro e continuou falando para a Marmota:

– Mas elas estavam dentro do poço.

– Claro que estavam.

Para Alice, não era claro. Pelo contrário, parecia sem sentido.

A Marmota continuou em frente, embora cada vez mais sonolenta.

– Estavam aprendendo a extrair e extraíam toda espécie de coisas, tudo que começava com N.

– Por que com N? – quis saber Alice.

– Por que não? – falou a Lebre de Março.

Alice ficou quieta.

A Marmota não conseguia mais manter os olhos abertos e começou a cochilar. O Chapeleiro deu-lhe um beliscão. Ela estremeceu e continuou a história:

– Extraíam o que começa com N, como novela, notícia, novidade, nuvem e nada, tanto do verbo nadar como coisa nenhuma. Você já imaginou extrair coisa nenhuma nadando no nada?

– Se quer saber minha opinião – Alice estava muito confusa –, não posso dizer nada...

O Chapeleiro tornou a bronquear:

– Então fique com a boca calada!

Alice se sentiu magoada, levantou-se e foi embora. A Marmota adormeceu no mesmo instante, e os outros dois não tomaram conhecimento da saída da menina, embora ela olhasse para trás duas ou três vezes, na esperança de que a chamassem de volta. A última vez que os viu, estavam tentando enfiar a Marmota dentro do bule de chá.

– De qualquer jeito, eu não ia voltar – decidiu Alice, enquanto seguia seu caminho pelo bosque. – Foi o chá mais maluco da minha vida.

Nessa altura, viu uma porta, no tronco de uma das árvores, e exclamou:

– Que coisa esquisita!

"Já aconteceram tantas coisas esquisitas que posso experimentar mais essa!", pensou, e foi entrando pelo tronco da árvore.

Outra vez, estava na sala comprida, de muitas portas, junto à mesinha de vidro.

– Agora sei o que tenho de fazer!

Parece que sabia mesmo. Começou por pegar a chavezinha dourada e abrir a portinha que levava ao jardim. Em seguida, mordeu de leve o pedaço de cogumelo que estava no bolso do avental. Quando ficou com uns trinta centímetros de altura, passou pela portinha e, afinal, chegou ao lindo jardim.

Capítulo 8

A Rainha de Copas

Perto da entrada do jardim encantado, crescia uma grande roseira. As rosas eram brancas, mas estavam sendo pintadas de vermelho por três jardineiros. Alice se aproximou e ouviu o que diziam:

– Preste atenção, Cinco, não jogue tinta em mim.

– Não é minha culpa. O Sete bateu no meu cotovelo.

O Sete protestou:

– É isso mesmo, Cinco! Sempre jogando a culpa nos outros.

– Melhor ficar quieto. Ainda ontem escutei a Rainha dizer que você merecia ser decapitado.

– Por quê? – indagou o que tinha falado primeiro.

– Não é da sua conta, Dois – respondeu o Sete.

– É da conta dele, sim – atalhou o Cinco. – E vou contar o motivo: foi porque o Sete levou bulbos de tulipa para o cozinheiro, em vez de cebola.

O Sete jogou o pincel no chão e começou a dizer:

– Muito bem, de todas as injustiças...

Parou de falar quando viu Alice. Os outros também olharam para ela e se inclinaram, cumprimentando-a.

– Por favor, podiam me contar por que estão pintando as rosas? – perguntou a menina.

O Cinco e o Sete não disseram nada, mas olharam para o Dois, que falou baixinho:

– Aqui devia estar uma roseira vermelha, mas, por engano, foi plantada uma branca. E, se a Rainha descobrir, cabeças vão rolar. Estamos tentando remediar o malfeito.

Nesse momento, o Cinco, que estava vigiando, avisou:

– A Rainha!

Os três se atiraram de cara no chão.

Alice viu um baralho ambulante. Todas as cartas eram do naipe de copas, mas algumas estavam ornamentadas com joias. E havia as crianças, filhos da Rainha, e muitos convidados, entre os quais o Coelho Branco. No fim do cortejo, caminhavam o Rei e a Rainha de Copas.

A menina ficou na dúvida se devia jogar-se no chão, como os jardineiros, mas achou que um cortejo existe para ser visto, e ficou onde estava.

Quando a comitiva chegou perto dela, todos a olharam, com certeza estranhando sua presença, e a Rainha disse:

– Quem é você?

– Meu nome é Alice.

Inclinou-se ligeiramente, como lhe parecia que devia ser feito ao encontrar uma rainha, mas ao mesmo tempo pensou: "Não passam de um baralho, não preciso ter medo".

– Quem são esses? – a Rainha perguntou, com voz zangada, apontando os jardineiros.

– Não é da minha conta – falou Alice.

A Rainha ficou furiosa e berrou:

– Cortem-lhe a cabeça! Cortem-lhe a cabeça!

– Tolice – retrucou a menina, em voz alta e decidida.

A Rainha ficou muda, e o Rei falou timidamente:

– Leve em conta, minha querida, é apenas uma criança.

A Rainha afastou-se furiosa e disse para o Valete, referindo-se aos jardineiros, deitados de bruços no chão:

– Vire-os para cima.

O Valete obedeceu, virando-os com a ponta do pé.

– Levantem-se! – berrou a Rainha.

Os três ergueram-se rápido e começaram a fazer curvaturas diante do Rei, da Rainha, dos príncipes e de toda a comitiva.

– Parem com isso! – trovejou a Rainha. – Vocês me enojam.

Em seguida, olhando a roseira, indagou dos três infelizes:

– O que estavam fazendo aqui?

– Estávamos aqui para servir Vossa Majestade – disse o Dois, em tom muito humilde, pondo um joelho em terra. – Tentávamos...

– Tentavam me enganar! – gritou a Rainha. E, voltando-se para os soldados, ordenou: – Cortem-lhes a cabeça!

A soberana continuou seu passeio, e três soldados ficaram para trás, a fim de executar sua ordem. Os três jardineiros correram em direção a Alice, que os escondeu num grande vaso de flores que havia ali perto.

Os soldados procuraram os jardineiros por um minuto ou dois e apressaram-se em seguir a comitiva real. A menina fez o mesmo.

A Rainha perguntou, aos berros:

– Cortaram-lhes a cabeça?

Os soldados responderam:

– Sim, Majestade.

A Rainha dirigiu-se a Alice:

– Sabe jogar bateu-valeu?

– Sei.

– Então, venha!

Mal tinha se reunido à comitiva real, a menina ouviu uma voz junto ao seu ouvido:

– Está fazendo um belo dia.

Era o Coelho Branco, que caminhava ao seu lado. Alice respondeu:

– Um dia muito lindo. Onde está a Duquesa?

– Ela foi condenada.

– Por quê?

– Deu um soco na Rainha...

Alice não pôde deixar de rir. O Coelho olhou em volta, assustado, e sussurrou:

– Ela chegou atrasada, e Sua Majestade disse...

Não acabou de falar, porque a Rainha gritou:

– Tomem seus lugares.

Os convidados correram em todas as direções, tropeçando uns nos outros, e o jogo começou.

Alice percebeu que era o jogo de bateu-valeu mais esquisito que ela já vira. Os tacos eram flamingos vivos. Ouriços, também vivos, serviam de bolas. Os arcos eram formados por soldados, que se curvavam para que as bolas passassem por baixo deles.

A primeira grande dificuldade da menina foi segurar o flamingo. Quando conseguia mantê-lo embaixo do braço para usá-lo como taco, o bicho virava o pescoço para cima. Quando o fazia ficar com o pescoço reto, era o ouriço que tinha ido embora. Os soldados também mudavam de posição a toda hora. De fato, não era fácil.

Os participantes jogavam ao mesmo tempo, sem esperar sua vez, discutindo uns com os outros. A todo momento, a Rainha gritava:

– Cortem-lhe a cabeça!

Alice achou melhor ir embora, antes que as coisas piorassem. Estava procurando um jeito de dar o fora, quando viu alguma coisa esquisita no ar. Em seguida, se deu conta de que era o sorriso do Gato de Cheshire.

Assim que sua boca se formou completamente, ele disse:

– Como vai indo?

Quando os olhos do bichano apareceram, Alice devolveu seu sorriso com outro sorriso. Antes de falar qualquer coisa, pensou: "É melhor esperar que as orelhas fiquem visíveis, pelo menos uma delas".

Quando sua cabeça surgiu por inteiro, o Gato perguntou:

– Que tal a Rainha?

– Sei lá! Ela é tão... – nesse momento, Alice notou que a Rainha estava atrás dela, escutando tudo, e emendou a frase: – ... perfeita nesse jogo, que nem vale a pena competir.

A Rainha sorriu e se afastou.

O Rei, que a seguia, pareceu intrigado com aquela cabeça de gato pairando no ar e indagou:

– Quem é ele?

– Um amigo meu, o Gato de Cheshire.

– Não gosto do jeito que me olha, mas, se quiser, pode beijar minha mão.

– Eu não quero – respondeu o Gato.

O Rei ficou ofendido e, para se vingar, chamou a Rainha:

– Minha querida, faça este gato sumir daqui.

A Rainha só tinha um meio para resolver todas as dificuldades, e gritou sua frase favorita:

– Cortem-lhe a cabeça!

– Eu mesmo vou buscar o Carrasco! – disse o Rei, e saiu apressado.

Alice achou melhor voltar ao jogo de bateu-valeu, mas não gostou nada do rumo que as coisas tinham tomado. A Rainha já condenara à morte três jogadores que tinham perdido a vez. Pela confusão do jogo, era impossível saber o que fazer. Os ouriços, que serviam de bola, se engalfinhavam uns com os outros. Os flamingos-tacos tentavam voar para escapar à ingrata missão. Os soldados-arcos não paravam quietos.

Diante de tudo isso, o menos ruim talvez fosse voltar a ver o que acontecia com o Gato de Cheshire. A menina ficou surpresa com a multidão que se reunira em torno do Rei, da Rainha e do Carrasco, que discutiam, falando ao mesmo tempo. Quando viram Alice, pediram a ela que fosse o árbitro da discussão.

O Carrasco argumentava que era impossível cortar uma cabeça que não estivesse presa a um corpo.

O Rei achava que, se havia cabeça, se podia cortá-la, e que o resto era bobagem.

A Rainha liquidava o assunto, ameaçando:

– Se uma solução não for encontrada, vai rolar a cabeça de quem estiver aqui por perto.

Alice apelou, dizendo:

– O Gato pertence à Duquesa. Ela deve saber o que fazer.

A Rainha ordenou ao Carrasco:

– Vá buscar a Duquesa na prisão.

A cabeça do Gato de Cheshire começou a sumir. Quando a Duquesa chegou, ele tinha desaparecido completamente. O Rei e o Carrasco vasculharam os arredores à sua procura. O resto da comitiva voltou para o jogo de bateu-valeu.

Capítulo 9

A Tartaruga Falsificada

A Duquesa segurou carinhosamente o braço de Alice e caminhou ao seu lado, dizendo:

– Você nem imagina o quanto estou feliz em tornar a vê-la.

A menina estranhou a mudança de temperamento da Duquesa, mas atribuiu sua ferocidade anterior ao excesso de pimenta, e pensou: "Quando eu for Duquesa" (embora não tivesse muita certeza disso), "vou proibir pimenta na minha cozinha. Deve ser a pimenta que deixa as pessoas zangadas, o vinagre que as torna azedas e o açúcar que as adoça. Creio que os adultos deviam permitir às crianças comer mais doces para ficarem mais suaves...".

Alice tinha mergulhado em sua nova teoria sobre os alimentos e suas consequências e esquecido da Duquesa, que terminou tirando-a do seu devaneio, falando junto ao seu ouvido:

– Você está pensando em alguma coisa, e isso a faz ficar calada. Não posso lhe dizer neste momento a moral dessa atitude, mas daqui a pouco vou me lembrar.

– Talvez não tenha moral nenhuma.

– Tudo tem sua moral, basta você encontrá-la.

Conforme falava, a Duquesa se aproximava de Alice, que não gostava nada disso. Em primeiro lugar, porque ela era muito feia e, em segundo, porque tinha um queixo pontudo que apoiava no ombro da menina. Para mudar de assunto e, quem sabe, poder se afastar da Duquesa, disse:

– O jogo está bem melhor agora.

– A moral disso é: "O amor faz o mundo girar".

Alice respondeu:

– Dizem que o mundo gira melhor quando cada um cuida da própria vida.

– Tudo bem, dá no mesmo – afirmou a Duquesa –, e a moral disso é: "Tome cuidado com o sentido, que os sons se encarregam de si mesmos...".

A Duquesa foi perdendo a voz, e seu queixo ficou trêmulo no ombro de Alice. A menina olhou para o alto e viu a Rainha diante delas, com os braços cruzados, o cenho franzido e a cara fechada.

Com voz sumida, a Duquesa disse:

– Lindo dia, não, Majestade?

A Rainha trovejou, batendo com o pé no chão:

– Dou-lhe um aviso, você ou sua cabeça devem sumir, neste instante. Faça sua escolha.

A Duquesa escolheu sumir dali sem perda de tempo.

A Rainha convidou a menina:

– Vamos continuar o jogo.

Alice estava muito assustada para dizer qualquer coisa e seguiu-a em direção ao campo de bateu-valeu.

Os convidados tinham aproveitado a ausência da Rainha para descansar na sombra, mas, assim que a avistaram, voltaram ao jogo, temendo sua fúria.

Durante o jogo, a Rainha não parava de ameaçar e gritar:

– Cortem-lhe a cabeça!

Os sentenciados ficavam sob a guarda dos soldados, que, para fazer isso, tinham de deixar de servir de arcos. No fim de algum tempo, não havia mais arcos, e todos os convidados tinham sido condenados. Só restavam o Rei, a Rainha e Alice.

Quase sem fôlego, a soberana deu o jogo por terminado e perguntou para Alice:

– Você já viu a Tartaruga Falsificada?

– Não – respondeu a menina. – Nem sequer sei o que é uma tartaruga falsificada.

– É com ela que se faz a falsa sopa de tartaruga.

– Nunca vi, nem ouvi falar – tornou Alice.

– Então venha, que ela vai lhe contar sua história.

Alice seguiu a Rainha. Quando iam se afastando, a menina ouviu o Rei dizer em voz baixa para os condenados:

– Estão todos perdoados!

Alice gostou de ouvir isso. Afinal, tinha ficado muito preocupada com as ordens da Rainha.

Mais adiante, encontraram um grifo dormitando ao sol. (Se você não sabe o que é um grifo, olhe a ilustração.)

– Acorde, preguiçoso! – disse a Rainha. – Leve esta jovem para conhecer a Tartaruga Falsificada e ouvir sua história.

A Rainha foi embora e deixou Alice sozinha com o Grifo. A menina não gostou muito do jeito dele, mas decerto não era mais perigoso estar com ele do que na companhia da Rainha.

O Grifo sentou-se e esfregou os olhos. Ficou olhando a Rainha até ela sumir de vista e deu um risinho de troça, comentando um pouco para si mesmo, um pouco para Alice:

– Muito engraçado!

– Qual é a graça?

– Ela é engraçada. Você sabe, isso é pura fantasia, nunca alguém é executado. Venha comigo, vamos.

Alice pensou: "Nunca recebi tantas ordens em minha vida. Aqui todos se acham no direito de me dizer 'venha, vamos, fale, fique quieta'".

Logo adiante, viram a Tartaruga Falsificada, triste e solitária, sentada à beira de um rochedo. Quando chegaram mais perto, Alice escutou seus suspiros, como se estivesse com o coração partido. Sentiu muita pena e quis saber:

– Por que ela está tão triste?

O Grifo respondeu quase com as mesmas palavras que tinha dito antes:

– É pura fantasia, ela não está triste. Venha comigo, vamos!

Chegaram perto da Tartaruga Falsificada, que os observou com os olhos cheios de lágrimas, mas não disse nada.

Quem falou foi o Grifo:

– Esta jovem quer conhecer sua história.

A Tartaruga Falsificada respondeu com voz rouca:

– Sentem-se. Eu contarei, mas fiquem quietos até eu terminar.

Sentaram-se, e ninguém falou por alguns minutos. Alice pensou: "Se não começar, não vai acabar nunca, mas o jeito é ter paciência".

Lá pelas tantas, a Tartaruga Falsificada começou:

– Há muito tempo, eu era uma tartaruga verdadeira.

Depois ficou quieta de novo, e só se ouviam os seus soluços.

Alice chegou a pensar em ir embora, mas ficou presa pela curiosidade de saber que história era aquela.

Ainda soluçando um pouco, porém mais calma, a Tartaruga Falsificada continuou:

– Quando éramos crianças, íamos à escola no mar. A professora era uma velha tartaruga, a quem chamávamos Tuturuga...

– Por que Tuturuga, se era uma tartaruga?

– Tuturuga porque era medonha feito o bicho Tutu, mas você é muito burra para não ter entendido isso.

– Você devia ter vergonha de fazer uma pergunta tão boba – acrescentou o Grifo e, depois, falou para a Tartaruga Falsificada: – Continue, amiga, não temos o dia todo para ouvi-la.

A Tartaruga Falsificada prosseguiu:

– Íamos à escola no mar, embora você não acredite...

Alice protestou:

– Nunca disse que não acredito.

– Disse, sim.

Antes que Alice retrucasse, o Grifo ordenou:

– Cale a boca, se quer ouvir a história.

A Tartaruga Falsificada seguiu em frente:

– Tivemos a melhor educação. Realmente, íamos à escola todos os dias.

– Eu também ia à escola todos os dias, e não vejo por que se orgulhar disso.

– Com matérias suplementares? – indagou a Tartaruga.

– Sim – respondeu Alice. – Tínhamos francês e música.

– E lavagem?

– Claro que não!

– Então, sua escola não é muito boa – disse a Tartaruga. – A minha incluía francês, música e lavagem.

– Não sei qual a vantagem disso, vivendo no mar.

– Também não sei, porque só cursei as aulas regulares.

– E quais eram?

– Enrolição e escrituralês, é claro, para começar, e depois os diferentes ramos da aritmética: ambição, distração, enfeiação e zombaria.

– Nunca ouvi falar de enfeiação. Que é isso?

O Grifo, espantado, ergueu as duas patas dianteiras no ar e exclamou:

– Nunca ouviu falar de enfeiação? Mas suponho que saiba o que é embelezar.

– Claro que sei – respondeu Alice, sem muita segurança. – Embelezar é tornar algo mais bonito.

– É óbvio – contra-atacou o Grifo. – E, se você não sabe o que significa enfeiação, é uma tonta.

Alice perdeu a coragem de continuar perguntando e se dirigiu à Tartaruga:

– Que mais aprendiam?

– Bem, tínhamos mistério – respondeu a Tartaruga Falsificada, contando as matérias nas patas. – Quer dizer, mistérios antigos e modernos. Também estudávamos margrafia e devaneio. A professora de devaneio era uma enguia, que vinha uma vez por semana. Ela nos ensinava a devanear, espreguiçar e desmaiar em espiral.

– Mostre. Como se desmaia em espiral?

– Não posso, perdi o jogo de cintura, e o Grifo nunca aprendeu isso.

O Grifo desculpou-se:

– Não tive tempo, estudei com o mestre de letras clássicas, um caranguejo muito velho.

A Tartaruga suspirou e disse:

– Nunca frequentei seu curso. Dizem que ele ensinava alegria e tristeza.

– Isso mesmo – afirmou o Grifo, que, desta vez, também suspirou.

Alice continuou:

– Quantas horas de aula tinham por dia?

Foi a Tartaruga quem respondeu:

– Dez horas no primeiro dia, nove no segundo e assim por diante.

– Coisa esquisita!

– Isso é igual a uma escada. Quanto mais degraus você sobe, menos falta para subir.

Alice ficou pasma com aquele raciocínio e demorou um pouquinho para fazer nova pergunta:

– Se diminuía uma hora por dia, o décimo primeiro dia era feriado?

– Claro! Que mais podia ser?

– E o décimo segundo dia, como é que era?

O Grifo interrompeu, decidido a acabar com o assunto:

– Chega de falar em lições, vamos falar de brincadeiras.

Capítulo 10

A quadrilha da lagosta

A Tartaruga Falsificada suspirou fundo e limpou as lágrimas com o dorso da pata. Olhou para Alice e tentou falar, mas os soluços abafaram sua voz. O Grifo disse:

– É como um osso atravessado na garganta.

Passou da palavra à ação, sacudiu a Tartaruga e deu-lhe tapas nas costas para que desengasgasse. Por fim, ela recuperou a fala e, com as lágrimas correndo pelo rosto, continuou a história:

– Talvez você não tenha vivido muito sob o mar...

Alice respondeu apressada:

– Nunca vivi embaixo d'água.

– Talvez você não tenha tido oportunidade de conhecer uma lagosta.

Alice quase disse "Uma vez experimentei no jantar", mas, em vez disso, falou:

– Nunca vi uma lagosta.

– Então, não pode ter ideia da maravilha que é a quadrilha da lagosta.

– De fato, não faço ideia. Que coisa é essa?

O Grifo explicou:

– Você começa por formar uma fila na praia.

– Duas filas! – gritou a Tartaruga Falsificada. – Focas, tartarugas, salmões e muitos outros. Depois de afastar as águas-vivas do caminho...

– O que, em geral, leva algum tempo para pôr tudo em ordem – interrompeu o Grifo.

A Tartaruga terminou:

– Você dá dois passos para a frente.

– Cada um com uma lagosta como par.

– Claro – prosseguiu a Tartaruga –, dois passos para a frente com seu par.

O Grifo emendou:

– Troca-se de lagosta e volta-se no mesmo ritmo.

A Tartaruga retomou a palavra:

– Então, chega o melhor momento: você atira as...

– ... lagostas no mar, o mais longe possível, e se joga atrás delas – concluiu o Grifo.

– Dá um salto mortal no mar – gritou a Tartaruga Falsificada, dando uma cambalhota.

– Troca de lagosta outra vez – berrou o Grifo, com um vozeirão ensurdecedor.

– E volta para a praia. Assim, completa a primeira figura – terminou a Tartaruga Falsificada, em voz baixa.

Os dois, que tinham pulado feito doidos todo o tempo, ficaram quietos de repente e sentaram-se muito tristonhos, olhando para Alice.

– Parece uma dança muito bonita – disse a menina.

– Quer ver um pouquinho dela? – animou-se a Tartaruga Falsificada.

– Seria um prazer.

A Tartaruga convidou o Grifo:

– Venha, vamos dançar só a primeira figura, podemos fazer isso sem as lagostas. Quem vai cantar?

– Você canta – respondeu o Grifo. – Eu esqueci a letra.

Começaram a dançar solenemente em volta de Alice, cada vez chegando mais perto e pisando seus pés, quando passavam junto a ela. Marcavam o ritmo com suas patas dianteiras, enquanto a Tartaruga Falsificada cantava lenta e tristemente:

Lagosta vai, lagosta vem
É pra quem sabe, pra quem tem
Esta dança não cansa, veja como é
Caranguejo não é peixe, caranguejo peixe é

A quadrilha da lagosta, que linda que é
Nadando e dançando da mão para o pé
Se alguém se atrasar, o delfim vai empurrar
As enchovas são lentas e vão devagar

Alice aplaudiu e disse:

– Gostei muito, é uma dança superanimada. Interessante o que falam das enchovas.

– Você conhece enchovas?

– Claro, vi muitas vezes no jan... – segurou a língua antes de pronunciar a palavra "jantar".

– Não sei onde fica Jan, mas, se você as viu tantas vezes, decerto sabe como elas são.

– Acho que sim, elas têm o rabo na boca e são cobertas de farinha de rosca.

– Isso de farinha de rosca é engano seu, porque a farinha se dissolveria na água do mar. Mas, quanto a ter o rabo na boca, você tem toda a razão.

Ao dizer isso, a Tartaruga Falsificada bocejou, fechou os olhos e falou para o Grifo:

– Conte a ela a razão desse costume.

O Grifo não se fez de rogado:

– A razão é a seguinte: as enchovas queriam à viva força ir dançar com as lagostas. Para isso, foram atiradas ao mar alto. Levaram muito tempo para cair e prenderem o rabo na boca. Depois, não conseguiram mais soltar e ficaram sempre assim. Foi o que aconteceu.

– Muito interessante, nunca pensei em aprender tanto sobre enchovas. Mas, mesmo assim, ainda não entendi por que o delfim as empurra e elas não dão um chega pra lá nele.

A Tartaruga Falsificada entrou no assunto:

– Elas são obrigadas a aceitá-lo. Nenhum peixe de juízo se aventura longe de casa sem um delfim.

Alice achou muito esquisito e quis saber:

– E por que não?

– Claro que não. Se um peixe vem me dizer que vai viajar, eu logo pergunto: "Com que delfim?".

– A senhora não quer dizer "com que fim?"

– Disse o que quero dizer.

A resposta da Tartaruga foi em tom ofendido. Para aliviar a tensão, o Grifo perguntou para Alice:

– Você quer ver outra figura da quadrilha da lagosta ou prefere ouvir a Tartaruga Falsificada cantar?

– Prefiro a canção, por favor. Tartaruga Falsificada, cante alguma coisa.

O Grifo comentou, com ar de pouco-caso:

– Gosto não se discute. Vamos lá, velha amiga, cante a "Bela sopa".

A Tartaruga Falsificada suspirou profundamente e começou a cantar, com a voz entrecortada de soluços:

Bela sopa verde e amarela
Sopa fervendo na panela
Sopa no começo e no fim do dia
Sopa de barriga cheia e barriga vazia

Sopa é melhor do que um docinho
Sopa de legumes e toucinho
Bela sopa de noite e de dia
Bela sopa, bela sooopa

O Grifo gritou animado:

– Vamos cantar em coro.

Mal tinha acabado de falar, ouviu-se uma voz anunciando ao longe:

– O julgamento vai começar.

O Grifo pegou Alice pela mão, sem esperar o fim da canção, e disse:

– Venha, vamos.

Alice quis saber, enquanto corria:

– Que julgamento é esse?

O Grifo correu mais depressa, puxando a menina e dizendo:

– Vamos, vamos!

Ao longe, cada vez mais fraco, o estribilho:

Bela sopa, bela sooopa

Capítulo 11

Quem roubou as tortas?

O Rei e a Rainha de Copas estavam sentados em seus tronos, rodeados por uma multidão de pequenos animais e de todas as cartas de copas do baralho. O Valete estava de pé, diante deles, algemado, entre dois soldados. O Coelho Branco permanecia perto do Rei, com uma trombeta numa mão e um rolo de pergaminho na outra. No centro havia uma mesa; em cima dela, um grande prato com tortas apetitosas. Ao vê-las, Alice desejou que o julgamento fosse rápido e que, em seguida, todos ganhassem um lanche.

A menina nunca estivera antes em um tribunal de justiça, mas já tinha lido a respeito e sabia várias coisas. Inclusive que o juiz usava peruca.

No caso, o juiz era o Rei, que usava a coroa em cima da peruca, o que ficava um tanto esquisito e, com certeza, incômodo e difícil de equilibrar.

Alice identificou o local reservado ao júri, onde estavam pássaros e vários outros animais, que deviam ser os jurados. A palavra "jurados" deixou-a feliz consigo mesma. Tinha certeza de que poucas crianças de sua idade sabiam tanto sobre julgamentos.

Os doze jurados pareciam muito ocupados, escrevendo sem parar. Alice comentou com o Grifo:

– Que será que estão anotando, se o julgamento ainda não começou?

Ele esclareceu:

– Estão anotando seus nomes, com medo de esquecê-los antes que o julgamento acabe.

– Bando de idiotas! – exclamou a menina, em voz alta.

O Coelho Branco ergueu a voz, ordenando:

– Silêncio na corte!

O Rei pôs os óculos e olhou em volta para ver quem tinha falado. Em seguida, deu início à sessão:

– Arauto, leia a acusação.

O Coelho Branco tocou três vezes a trombeta, desenrolou o pergaminho e leu:

A Rainha de Copas fez lindas tortas
Numa tarde de verão
O Valete de Copas roubou as tortas
Tornando-se ladrão

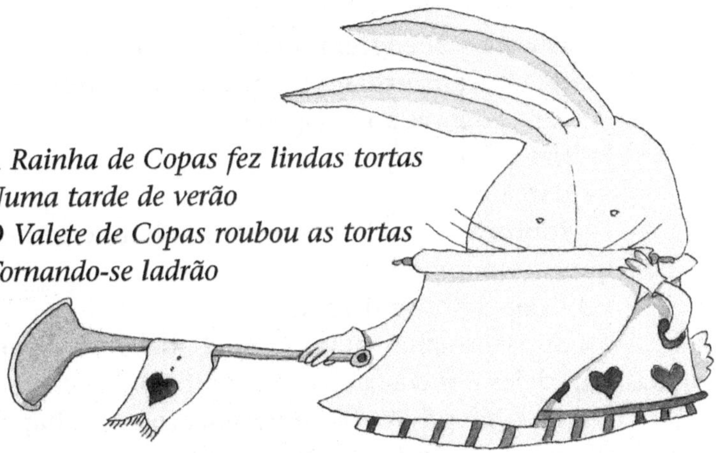

O Rei falou para os jurados:

– Pensem na sentença.

O Coelho Branco considerou:

– Ainda não. Antes são necessários os trâmites legais.

– Chame a primeira testemunha.

O Coelho Branco tornou a soar três vezes a corneta e convocou:

– A primeira testemunha.

Era o Chapeleiro. Ele se apresentou, com uma xícara de chá em uma das mãos e pão com manteiga na outra, e disse:

– Peço desculpas a Vossa Majestade, mas não tinha acabado meu chá quando fui chamado.

– Devia ter acabado antes – disse o Rei. – Quando você começou?

O Chapeleiro olhou para a Lebre de Março, que o acompanhava à corte, de braço dado com a Marmota, e respondeu:

– Quatorze de março.

A Lebre corrigiu:

– Quinze.

A Marmota interferiu:

– Dezesseis.

– Escrevam isso – disse o Rei.

Os jurados obedeceram e anotaram as três datas, depois as somaram e transformaram em moeda corrente do país.

O Rei ordenou ao Chapeleiro:

– Tire o seu chapéu.

– Não é meu.

– Roubado! – exclamou o Rei, voltando-se para os jurados, que anotaram o fato.

O Chapeleiro se defendeu:

– Sou um chapeleiro. Os chapéus são para vender, nenhum deles é meu.

A Rainha pôs os óculos, encarou o Chapeleiro, que empalideceu e ficou inquieto.

O Rei pressionou:

– Faça o seu depoimento e não fique nervoso, senão mando executá-lo agora mesmo.

Isso não encorajou o Chapeleiro, que se pôs a saltar de um pé para o outro, olhando assustado para a Rainha, e ficou tão confuso que mordeu a xícara em vez do pão.

Nesse momento, Alice sentiu uma curiosa sensação, que a deixou intrigada até descobrir o que era: estava crescendo de novo. No primeiro instante, pensou em deixar a corte, mas em seguida decidiu ficar, enquanto houvesse espaço para seu novo tamanho.

A Marmota reclamou:

– Não me empurre, mal posso respirar.

Alice se desculpou:

– Não posso fazer nada, estou aumentando de tamanho.

– Aqui não é lugar para isso.

– Não diga bobagem, você também está crescendo.

– Mas eu cresço dentro do razoável, e não dessa maneira ridícula.

Acabou de falar e levantou-se, irritada, indo para o outro lado do tribunal.

A Rainha estivera sempre encarando o Chapeleiro e, no exato momento em que a Marmota atravessava o tribunal, ordenou a um dos oficiais de justiça:

– Traga-me a lista dos cantores do último concerto.

Ao ouvir isso, o infeliz Chapeleiro tremeu tanto que os sapatos saíram de seus pés.

O Rei ordenou:

– Dê seu depoimento ou mando executá-lo.

O Chapeleiro falou com voz trêmula:

– Sou um pobre homem, Majestade, nem tinha começado a tomar o meu chá, isso foi há uma semana mais ou menos, e então a Lebre de Março disse...

A Lebre apressou-se a interromper:

– Eu não disse coisa alguma.

– Disse, sim – afirmou o Chapeleiro.

A Lebre retrucou:

– Nego isso.

O Rei concluiu:

– Se ela nega, deixemos esse assunto de lado.

O Chapeleiro insistiu:

– De qualquer jeito, a Marmota também disse, e espero que ela não negue.

A Marmota não negou, porque não tomou conhecimento do que foi dito e continuou dormindo.

O Chapeleiro prosseguiu:

– Depois disso, cortei uma fatia de pão...

Um dos jurados indagou:

– O que foi que a Marmota disse?

– Não consigo me lembrar – respondeu o Chapeleiro.

O Rei exigiu:

– Você tem de se lembrar, ou mando executá-lo.

O Chapeleiro, desesperado, deixou cair a xícara e o pão e pôs-se de joelhos, implorando:

– Sou um pobre homem, Majestade...

O Rei interrompeu:

– Você é um pobre orador, isso, sim. E, se não tem nada mais para dizer, pode ir embora.

Ao ouvir as palavras salvadoras, o Chapeleiro deixou a corte com tanta rapidez que nem calçou os sapatos.

A Rainha verificou a lista dos cantores e disse a um dos oficiais:

– Cortem a cabeça dele, lá fora.

Os oficiais foram à sua procura, mas o Chapeleiro já tinha sumido.

– Chamem a próxima testemunha! – ordenou o Rei.

Era a cozinheira da Duquesa, que trazia um vidro de pimenta na mão. Alice a identificou, mesmo antes que ela entrasse na corte, pelos espirros das pessoas que estavam perto da porta de entrada.

O Rei disse:

– Faça o seu depoimento.

A Cozinheira respondeu:

– Não faço, não.

O Rei olhou, inquieto, para o Coelho Branco, que sussurrou:

– Vossa Majestade pode tornar a inquirir a testemunha.

– Se posso, faço.

O Rei cruzou os braços, fechou a cara e, com voz de trovão, perguntou à Cozinheira:

– De que são feitas as tortas?

– De pimenta, é claro.

Uma voz sonolenta afirmou:

– De melado.

A Rainha berrou:

– Agarrem essa marmota. Tirem-na da corte. Sumam com ela. Arranquem-lhe os bigodes. Cortem-lhe a cabeça.

Por alguns minutos, foi uma confusão geral para expulsar a Marmota. Quando todos voltaram aos seus lugares, a Cozinheira tinha sumido.

– Não tem importância – disse o Rei, parecendo aliviado. – Chamem a testemunha seguinte.

Em seguida, falou em voz baixa para a Rainha:

– Realmente, minha querida, você deve inquirir a próxima testemunha. Estou com uma forte dor de cabeça.

Alice observava o Coelho Branco, atrapalhado com a lista de testemunhas. Estava curiosa por saber de quem seria o próximo depoimento. Na opinião da menina, ainda não tinham conseguido "reunir provas". Imagine sua surpresa quando o Coelho leu, com sua voz esganiçada:

– A próxima testemunha é Alice.

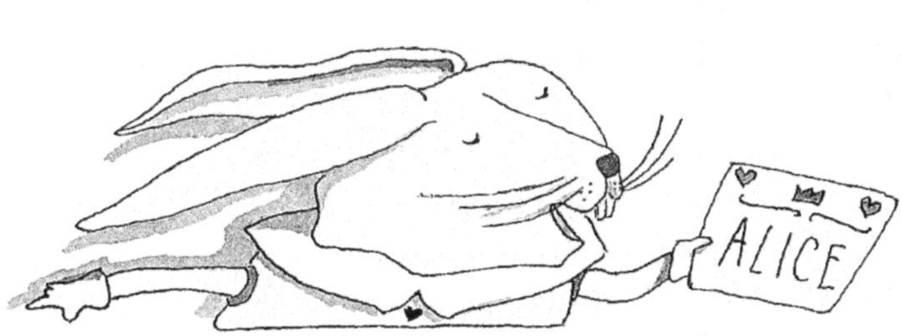

Capítulo 12

O depoimento de Alice

– Estou aqui! – gritou Alice.

Ao mesmo tempo, levantou-se de um salto, sem pensar no tamanho que tinha agora. Na afobação, derrubou o banco do júri, e os jurados se esparramaram feito os peixinhos do aquário, que quebrara, por acaso, na semana anterior.

– Por favor, me desculpem – implorou a menina.

Alice tinha a maior pressa em socorrê-los, porque, ainda lembrando o acidente com o aquário, parecia que, se não os recolocasse com rapidez no banco de jurados, todos poderiam morrer.

O Rei ordenou com voz solene, olhando para Alice:

– O julgamento está suspenso até que todos os jurados estejam devidamente acomodados em seus lugares.

Alice percebeu, pelo tom do monarca, que havia alguma coisa errada. Só então notou que tinha colocado o Lagarto de cabeça para baixo, e o coitado esperneava e agitava a cauda de fazer dó.

Assim que tudo voltou ao normal, embora Alice duvidasse de que se pudesse chamar de normal aquele julgamento, os jurados recomeçaram a tomar nota do que acontecia, menos o Lagarto, que continuava em estado de choque.

O Rei inquiriu Alice:

– O que você sabe a respeito deste caso?

– Nada.

– Absolutamente nada? – insistiu o Rei.

– Absolutamente nada – repetiu Alice.

– Isto é muito importante – afirmou ele, dirigindo-se ao júri.

Os jurados iam anotar as palavras do Rei, quando o

Coelho Branco interrompeu, em tom respeitoso:

– Desimportante é o que Vossa Majestade quer dizer, com certeza.

– Desimportante, é claro, foi o que quis dizer.

Para si mesmo, em tom baixo, o Rei ficou repetindo: "importante, desimportante, importante, desimportante", como se estivesse descobrindo qual a palavra que soava melhor.

Alguns jurados anotaram "importante", outros escreveram "desimportante", e Alice achou que tanto fazia como tanto fez.

O Rei tinha tomado nota de algo em sua agenda e, de repente, gritou:

– Silêncio!

Quando todos ficaram atentos, ele leu o que tinha escrito:

– Artigo quarenta e dois: as pessoas com mais de um quilômetro de altura devem se retirar da corte.

Os olhares voltaram-se para Alice, que se defendeu:

– Eu não tenho um quilômetro de altura.

– Tem, sim – afirmou o Rei.

– Tem três quilômetros – completou a Rainha.

Alice insistiu:

– Seja como for, não vou embora. Esse artigo acaba de ser inventado; Vossa Majestade acaba de escrevê-lo.

– É o primeiro do código – retrucou o Rei.

– Então, por que não é o número um?

O monarca ficou sem jeito e, para sair do aperto, ordenou ao júri:

– Deem seu veredicto!

O Coelho Branco levantou-se agitado e interrompeu:

– Com a licença de Vossa Majestade, ainda há provas a serem examinadas. Acaba de ser encontrado este documento.

A Rainha indagou:

– Que é isso?

– Ainda não abri, mas parece ser uma carta escrita pelo prisioneiro para alguém.

O Rei concluiu:

– Toda carta é escrita para alguém, salvo se for escrita para ninguém, o que é menos usual.

Um dos jurados interpelou:

– A quem está dirigida?

O Coelho esclareceu:

– Não há destinatário, de fato não há nada escrito no envelope.

– Veja o que está dentro.

O Coelho abriu o envelope e disse:

– Na verdade, não é uma carta, são versos.

Outro jurado quis saber:

– É a letra do prisioneiro?

– Não, e isso torna tudo mais estranho.

Os jurados pareceram confusos.

O Rei esclareceu:

– O prisioneiro deve ter disfarçado a letra.

Os jurados ficaram tranquilos.

O Valete resolveu se defender:

– Por favor, Majestade, eu não escrevi isso, e não há prova contra mim. Esse papel não foi assinado.

O Rei retrucou:

– Se você não assinou, torna as coisas ainda piores. Se não tivesse más intenções, teria assinado seu nome como qualquer pessoa honesta.

Aplausos gerais para a sábia conclusão do Rei.

A Rainha decidiu:

– Isso prova a sua culpa. Cortem-lhe a...

– Isso não prova coisa nenhuma – interferiu Alice. – Vocês nem leram os versos.

O Rei ordenou:

– Leia-os!

O Coelho Branco pôs os óculos e perguntou:

– Por onde começo, Majestade?

– Comece pelo princípio. Leia até o fim e então pare.

Houve um silêncio mortal na corte, e o Coelho leu os versos:

O anel que tu me deste
Era vidro e se quebrou
Vamos dar a meia-volta
Porque você não nadou

Entra na roda, ninguém te achará
Ô sindô-lalá, ô sindô-lelê
Levou uma, levou duas, zingue-zingue-zá
Bota, tira, deixa o zambelê pra lá

Vamos dar a meia-volta
Tudo volta ao seu lugar
Vamos dar a volta inteira
Antes de ela se zangar

O monarca esfregou as mãos, satisfeito:

– Essa é a prova mais importante apresentada até agora.

Alice tinha crescido tanto nos últimos minutos que não temia contradizer o soberano:

– Dou um doce a quem explicar o sentido desses versos. Não têm pé nem cabeça.

Os jurados anotaram não se sabe o quê, e o Rei afirmou:

– Se não fazem sentido, melhor. Isso nos poupa o trabalho de explicá-los.

Em seguida, desdobrou a suposta carta em cima do joelho e comentou:

– Acho que encontro o sentido oculto desta linguagem. Vejam só: "Era vidro e se quebrou" significa que o acusado quebrou as regras, não respeitou a propriedade alheia, quer dizer, as tortas.

O Valete quis se defender:

– Mas eu não...

O Rei cortou-lhe a palavra com uma pergunta:

– Aqui diz que não nadou. Você sabe nadar?

– Acha que é possível? – o Valete balançou a cabeça, olhando abatido para a sua própria figura.

Parecia mesmo impossível que uma carta de baralho pudesse nadar.

O monarca seguiu em frente:

– Tudo bem, mais adiante diz: "... ninguém te achará". O plano era fugir e desaparecer. "Levou uma, levou duas..." são as tortas, naturalmente.

Alice resolveu entrar no assunto:

– Também diz que "Tudo volta ao seu lugar". São as tortas que estão aí outra vez.

– Sim, estão aí – disse o Rei, triunfante, apontando para as tortas expostas no tribunal. – Nada mais claro do que isso. Mas os versos continuam, e então vem a chave final: "Antes de ela se zangar". Isso se refere à Rainha.

Nessa altura, o Rei olhou para a Rainha e disse, suavemente:

– Às vezes, você fica zangada, não é, minha querida?

A soberana foi tomada de fúria e respondeu, apontando para o Valete:

– Nunca fico zangada. Cortem-lhe...

O Rei gritou para os jurados:

– Deem o veredicto.

A Rainha exigiu:

– Primeiro a sentença, depois o veredicto.

Alice protestou em altos brados:

– Que tolice! Onde já se viu sentença antes do veredicto?

A Rainha ficou vermelha de raiva e ordenou:

– Cale a boca!

– A boca é minha, digo o que quiser.

– Cortem-lhe a cabeça!

Ninguém obedeceu.

Alice, que tinha acabado de voltar ao seu tamanho normal, continuou enfrentando a fera:

– Quem se importa com suas ordens? Vocês não passam de cartas de baralho!

Nesse momento, todas as cartas voaram em sua direção.

Alice tentou afastá-las e, ao se debater, acordou. Estava deitada no banco do jardim de sua casa, com a cabeça no colo da irmã, que afastava do seu rosto algumas folhas secas caídas da árvore.

– Acorde, Alice! Já dormiu demais!

– Tive um sonho tão estranho.

Sentou-se no banco e contou para a irmã as aventuras que acabava de viver. Quando terminou, a irmã a beijou e disse:

– Foi um sonho bem curioso, querida, mas vamos entrar, está na hora do chá.

Alice levantou-se e correu para dentro de casa, pensando: “Foi um sonho maravilhoso”.

QUEM É EDY LIMA?

Edy Maria Dutra da Costa Lima nasceu em Bagé (RS) e passou a maior parte de sua vida em São Paulo, onde mora atualmente.

Jornalista, escreveu peças de teatro, novela de tevê, produziu discos para crianças e foi gerente editorial. É autora de muitos livros, alguns traduzidos para o italiano, o espanhol e o catalão. Introduziu o realismo fantástico para crianças na literatura brasileira, marcando sua presença definitiva com o livro *A vaca voadora* (1972), que deu origem à série de mesmo nome, com mais seis títulos entre 1973 e 1976. Ganhou vários prêmios, entre eles o Jabuti, o da Associação Paulista de Críticos de Arte e o do Serviço Nacional de Teatro.

Pela Editora Scipione, publicou *A quadratura do círculo – Memórias do século XX*, *A gente que ia buscar o dia* e *Ao sol do Novo Mundo*, que recebeu o prêmio Adolfo Aizer 2001, da União Brasileira de Escritores (UBE).

ANALISANDO ALGUNS FATOS

1. Releia algumas falas dirigidas a Alice:

"A Duquesa não estava para essas finuras e respondeu:
– Você não sabe coisa nenhuma, essa é a verdade."
"O Chapeleiro tornou a bronquear:
– Então fique com a boca calada!"
"– É óbvio – contra-atacou o Grifo. – E, se você não sabe o que significa enfeiação, é uma tonta."

a) Você acha certo dar esse tipo de resposta a uma criança? Por quê?

____

____

____

____

____

b) Escreva outras respostas que poderiam ser dadas à menina no lugar dessas.

3. No capítulo 9, "A Tartaruga Falsificada", o Grifo afirmou sobre a Rainha:

"– Ela é engraçada. Você sabe, isso é pura fantasia, nunca alguém é executado".

Com base nisso, que opinião você acha que os súditos tinham da Rainha?

____

____

____

____

____

____

4. Assinale as alternativas com as quais você concorda. Essa mania da Rainha de viver gritando "Cortem-lhe a cabeça!" mostra:

( ) o quanto ela era poderosa.

( ) que ela não pensava antes de falar.

( ) que ela só tinha um meio de resolver todas as dificuldades.

b) No bosque com a Lagarta Azul

____

____

____

____

____

____

____

____

____

____

____

____

____

7. Depois de conseguir controlar o seu tamanho, Alice viu uma linda casinha e resolveu visitá-la. Numere os fatos na ordem em que ocorreram.

( ) O bebê se transformou num porco.

( ) O Lacaio Peixe entregou um convite para

8. A Rainha de Copas convidou Alice para um jogo de bateu-valeu. Explique por que a menina achou esse jogo tão esquisito.

____

____

____

____

____

____

____

____

____

____

9. Depois de ouvir a história da Tartaruga Falsificada, Alice participou de um julgamento.

a) Qual era o motivo do julgamento?

____

____

2. Alice entrou na toca do Coelho Branco e caiu num abismo profundo, que a levou até uma sala com portas em todas as paredes e uma mesa com uma chavezinha dourada em cima.

a) Como era a porta que chamou a atenção da menina?

____

____

____

____

b) Por que ela queria passar por essa porta?

____

____

____

____

3. Alice desejou poder "encolher feito um telescópio" e encontrou sobre a mesa um vidro com o rótulo "Beba-me".

b) Por que, mesmo assim, ela não conseguiu passar pela porta?

____

____

____

____

____

5. Como estava pequena, Alice mergulhou no lago formado por suas lágrimas e nadou com o Rato e outros animais até a praia.

a) O que eles fizeram para se secar?

____

____

____

b) Com o que Alice premiou os corredores?

____

____

____

Roteiro de Trabalho

Alice no País das Maravilhas

Lewis Carroll • Adaptação de Edy Lima

Sonolenta com o calor da tarde, Alice deitou a cabeça no colo da irmã mais velha, que lia um livro no jardim de sua casa. De repente, viu um coelho branco correndo e gritando, com um relógio na mão: "Depressa, depressa, estou atrasado!". Cheia de curiosidade, a menina resolveu segui-lo e acabou caindo num poço profundo, que parecia não ter fim. Quando a queda acabou, Alice conheceu um lugar surpreendente, onde viveu incríveis aventuras.

OS PERSONAGENS E A HISTÓRIA

1. Associe os personagens às suas características ou aos fatos a elas relacionados.

2. A Rainha de Copas mandava cortar a cabeça de todos os que a desagradavam. Qual é a sua opinião sobre essa atitude?

Encarte elaborado por **Rosana Correa Pereira El-Kadri.**

5. Escolha uma situação em que a Rainha mandou cortar a cabeça de alguém e proponha outra forma de resolver o problema. Escreva no caderno.

VOCÊ É O AUTOR

No final da história, Alice pensou: "Foi um sonho maravilhoso". Agora é a sua vez: escreva em seu caderno um texto sobre um sonho estranho, curioso ou maravilhoso que você já teve. Ou solte a imaginação e crie à vontade. Depois, mostre sua história a um colega.

( ) Alice entrou na cozinha e sentiu um forte cheiro de pimenta.

( ) O Gato de Cheshire ensinou a Alice o caminho da casa do Chapeleiro Maluco e da Lebre de Março.

( ) A Duquesa entregou o bebê a Alice.

( ) A Cozinheira atirou diversos objetos na Duquesa.

10. No julgamento, o Coelho Branco leu alguns versos. Abra a página 71 do livro e releia-os. Você conhece as músicas ou cantigas infantis das quais esses versos foram retirados?

11. Em que momento da história ficou claro que Alice estava sonhando?

b) Para resolver o problema, Alice comeu um bolo inteiro. O que aconteceu então?

4. Depois de pegar a chave, a menina percebeu que não conseguiria passar pela porta e chorou até formar um lago à sua volta.

a) Que objeto fez Alice diminuir de tamanho?

cer e diminuir. Conte como isso aconteceu:

a) Na casa do Coelho Branco

sempre cinco horas da tarde.

(b) Rainha de Copas

(c) Gato de Cheshire

(d) Chapeleiro Maluco

(e) Tartaruga Falsificada

(f) Lagarta Azul

(g) Dodó

(   ) Olhava para Alice com ar de superioridade. Mostrou-lhe o cogumelo que a ajudaria a controlar seu tamanho.

(   ) Sua frase favorita era “Cortem-lhe a cabeça!”.

(   ) Passou correndo pelo jardim da casa de Alice, resmungando que estava atrasado.

(   ) Organizou a corrida do seca-rega e declarou que todos eram vencedores.

(   ) Sorria de orelha a orelha. Não se importava com pimenta e aparecia e desaparecia quando queria.

(   ) Amiga do Grifo. Já tinha sido verdadeira e agora era falsificada. Gostava da quadrilha da lagosta.